AF235569

Rüdiger Fröhlich/Christina Rath

# Elf unfassbare
# Fußball-Geschichten Teil 2

## Zu diesem Buch

Wussten Sie, dass ein deutsches Bundesland mal eine eigene Nationalmannschaft hatte? Kennen Sie die unglaubliche Geschichte von der Nackt-Po-Rutschbahn beim HSV? Oder dass ein Kicker aus der 8. Liga plötzlich zum 20-Millionen-Stürmer wurde? Erinnern Sie sich an den legendären Keeper mit der weißen Pudelmütze? Kennen Sie unseren WM-Helden, der einen falschen Pass hatte? Wissen Sie, wer die coolste Vereins-Kutte Deutschlands trägt? Oder, dass ein kleiner Ganove den wichtigsten Fußball-Pokal der Welt gestohlen hat? Kennen Sie das Zitat von einem Kult-Trainer »Meine Spieler sind so blind, dass sie den Weg von der Kabine zum Bus nicht finden«. Nein? Dann sollten Sie sich dieses kleine Büchlein mit elf unfassbaren Fußball-Geschichten nicht entgehen lassen…

Rüdiger Fröhlich/Christina Rath

Elf unfassbare
Fußball-Geschichten Teil 2

Bibliografische Information:
Die Deutsche Bibliothek verzeichnet diese Publikation in der Deutschen Nationalbiografie; detaillierte bibliografische Daten sind im Internet unter http://dnb.ddb.de abrufbar.

Juni 2020
© 2020 Rüdiger Fröhlich/Christina Rath
Herstellung und Verlag: BoD - Books on Demand, Norderstedt
Umschlaggestaltung: Rüdiger Fröhlich

Hintergrundbild: Florent Bertiaux / Pixabay
Printed in Germany    ISBN 9783751919739

# Inhaltsverzeichnis

# Die deutsche Weltklasse-Elf, die fast keiner mehr kennt

*Von Rüdiger Fröhlich*

4. Minute, 53.000 Zuschauer im ausverkauften Ludwigs-park: Mittelfeld-Spieler Herbert Martin kommt von rechts und haut DFB-Keeper Toni Turek den Ball zum 1:0 in die Maschen. Tosender Jubel! Schock-Starre bei den Deutsch-land-Fans! Die DFB-Elf wäre bei diesem Spielstand in der Qualifikation zur Weltmeisterschaft 1954 auf ein Entschei-dungsspiel im Pariser Prinzenpark angewiesen. Gegner wie auch jetzt: die Nationalmannschaft des Saarlandes. Doch dann ertönt ein Pfiff. Schiedsrichter Jan Brinkhorst aus den Niederlanden pfeift die Situation ab. „Niemals, niemals war das Abseits", sagte Saarlands Stürmer-Star und gefürchte-ter Rechtsaußen Herbert Binkert nach dem Spiel empört. Was wäre wohl gewesen, wenn Schiedsrichter Brinkhorst am 28. März 1954 in Saarbrücken anders entschieden hätte? Deutschland setzte sich in dem legendären WM-Qualifikationsspiel schließlich mit 3:1 gegen das kleine Saarland durch. Tore: Max Morlock (2) und Hans Schäfer für Deutschland, Herbert Martin per Strafstoß für das Saar-land. Nur drei Monate und sieben Tage später, am 4. Juli 1954, wird Deutschland gegen Ungarn Weltmeister: Das Wunder von Bern ist perfekt.

Zwischen 1950 und 1956 ist das Saarland Mitglied der FIFA und feierte dabei mit einem genialen Fußballteam erstaunliche Erfolge. Schon die WM-Qualifikation begann mit einem Paukenschlag: Die Saar-Elf von Trainer Helmut Schön (Ja, genau der!) feierte im Osloer Ulleval-Stadion nach einem 0:2-Rückstand noch einen grandiosen 3:2-Sieg gegen Norwegen. Und dies praktisch mit nur zehn Mann, da sich der Linksverteidiger Theo Puff schon in der 10. Minute das Wadenbein brach und verletzt weiterspielen musste. Tore für das Saarland: Herbert Binkert, Werner Otto und Gerd Siedl. Vor allem Spielmacher Kurt Clemens vom FC Nancy kurbelte das Spiel der Schön-Elf unentwegt an, am Ende hatte das kleine Saarland die Partie tatsächlich auswärts gedreht. In der Dreiergruppe der Qualifikation belegten sie schließlich den zweiten Platz, was zur WM-Teilnahme aber nicht ausreichte.

Eine Anekdote vom anderen Quali-Spiel gegen Deutschland (0:3) macht deutlich, wie stark die Saarländer gegen den späteren Weltmeister aufspielten. Vor dem Spiel im Stuttgarter Neckarstadion positionierten sich die Pressefotografen alle hinter dem Tor von Erwin Strempel, alle rechneten mit einer hohen Packung für das Saarland. Doch der Zehner Kurt Clemens spielte vor 55.000 Zuschauern zu Beginn groß auf, setzte Herbert Binkert und Werner Otto glänzend in Szene. Die besseren Chancen hatte zunächst das Saarland, taktisch und konditionell glänzend von Helmut Schön vorbereitet. Nach 20 Minuten wechselten zahlreiche Fotografen die Seite, da es vor dem Tor von Toni Turek die besseren Bilder gab. „Den Clemens, den müssen uns die Saarländer für die WM pumpen", soll Deutschlands

Weltmeistertrainer Sepp Herberger nach dem Spiel gesagt haben.

Die Nationalmannschaft des Saarlandes speiste sich zum Großteil aus Spielern des 1. FC Saarbrücken. Torwart Erwin Strempel, Theo Puff, Nikolaus Biewer, Waldemar Philippi, Peter Momber, Werner Otto, Herbert Martin, Karl Schirra und Herbert Binkert – alles Kicker aus Saarbrücken. Auch Mittelfeld-Ass Kurt Clemens stammte vom FCS, spielte dann aber später für den FC Nancy. Und der 1. FC Saarbrücken ist in den 50er Jahren ein echtes Spitzenteam in Europa. Als erste deutsche Mannschaft siegten die Saarländer auswärts bei Real Madrid – und das klar und verdient mit 4:0 im Nuevo Estadio Charmartín (heute Estadio Santiago Bernabeu) vor 75.000 Zuschauern. Real hatte zuvor seit zwölf Jahren kein Heimspiel mehr verloren. Auch der französische Meister RC Paris wurde mit 4:1 schwindelig gespielt und klar bezwungen, ebenso schlugen sie das Star-Team von Hajduk Split (3:2) und spielten beim FC Liverpool 1:1.

Aufgrund des Sonderstatus' spielte der FCS zunächst unter dem Namen FC Sarrebruck in der zweiten französischen Liga und wurde prompt Meister. Sturm-Star Herbert Binkert erzielte dabei sagenhafte 46 Treffer in einer Saison. Im Anschluss wurden dem FC Sarrebruck aufgrund des massiven Widerstandes des elsässischen Rivalen Racing Straßburg der Aufstieg sowie die weitere Spielteilnahme in Frankreich untersagt. Ab der Saison 51/52 durfte der 1. FC Saarbrücken wieder in Deutschland starten und stürmte auf Anhieb ins Finale. Saarbrücken verlor vor 80.000 Zuschauern in Ludwigshafen knapp mit 2:3 gegen den VfB Stuttgart und wurde Vizemeister. FIFA-Chef Jules Rimet schwärmte damals: „Die interessanteste Mannschaft des Kontinents kommt aus Saarbrücken."

**Statistik zur WM-Qualifikation 1954 Gruppe 1**
**Saarland – Deutschland 1:3**

**Saarland**
Strempel - Biewer - Philippi - Momber - Siedl - Clemens - Keck - Martin - Otto - Schirra
Trainer: Helmut Schön

**Deutschland**
Turek - Kohlmeyer - Liebrich - Posipal - Retter - Schanko – F. Walter (31. O. Walter) - Morlock - Rahn - Röhrig - Schäfer
Trainer: Sepp Herberger

Tore: Max Morlock (37./51.), Herbert Martin (67.), Hans Schäfer (81.)
Schiedsrichter: Jan Bronkhorst (Niederlande)
Spielort: Saarbrücken
Stadion: Ludwigspark
Zuschauer: 53.000
Datum: 28. März 1954

# Die coolste Kutte in Deutschland hat Lilien-Fan Kalli

*Von Christina Rath*

Montagnachmittag, Darmstädter Marktplatz. Kutten-Kalli, alias Karl Erich Krepper (ohne Bindestrich!), sitzt mit seiner Frau Petra vorm Café Extrablatt. Ständig klopft ihm jemand auf die Schulter: „Hi Kalli, wie geht's?" In Darmstadt kennt den berühmtesten Fan des SV Darmstadt 98 halt jeder - mit und ohne Kutte. Und darauf ist er sehr stolz.

Seit mehr als 40 Jahren gehört sein Herz dem Verein. Die Geschichte, wie es dazu kam, kommt ihm leicht über die Lippen - den Umgang mit den Medien ist Kutten-Kalli gewohnt. „1978 hat mich mein Papa zum ersten Mal zu den Lilien mitgenommen", erzählt er im Gespräch mit „Elf unfassbare Fußball-Geschichten". Danach war es um den kleinen Jungen aus der Heimstättensiedlung geschehen. „Dann wollte Papa nicht mehr, ich habe seine Dauerkarte bekommen." Und ein Jahr genutzt. Danach gab es keine Dauerkarte mehr und Kalli hat auf gut Glück versucht, ins Stadion zu kommen. Das hat immer geklappt.

Als der heute Mitte 50-Jährige 1983 mit der Schule fertig war, hat er im Fernsehen jemanden gesehen, der eine Kutte trug, Olli „Catweazle" Olschewski. Er wollte auch so eine wie das Fan-Original des FC Schalke 04. Zwei Jahre hat es gedauert, bis seine eigene Kutte fertig war: eine Jeans-weste übersät mit Stickern, Buttons und kleinen Teddybä-ren. Dann ist es passiert: 1997 bei einem Heimspiel gegen Nürnberg haben ihn gegnerischen Fans mitten in Darm-stadt, in der Wilhelminengasse, verprügelt und ihm die Kutte „vom Leib gerissen. Anschließend haben sie sie mit 25 Feuerzeugen verbrannt." Damals schwor sich Kutten-Kalli, dass ihm „so etwas nie wieder passiert".

Danach dauerte es ein weiteres Jahr, bis er wieder genug Aufnäher für eine neue Kutte zusammen gesammelt hatte. Seine zweite. „Im Prinzip trage ich noch immer meine zweite Kutte", sagt Kalli. „Nur die Jeansjacke darun-ter muss ich ab und zu austauschen." Jacke kaufen, Ärmel abschneiden. „Es war ein steiniger Weg", erzählt er ernst. „Ich wurde ausgelacht und als Fratzenmacher verhöhnt, auch von Lilienfans." Dann habe er angefangen, seine Kutte auch unter der Woche zu tragen und ehrenamtlich für den Verein zu arbeiten. Bis heute reinigt er nach jedem Heim-spiel die Tribünen im Stadion, das mittlerweile Merck-Sta-dion am Böllenfalltor heißt. Inzwischen tut er das im Team. Zum Dank spendiert ihm der Verein die Dauerkarte.

2008 drohte den Lilien die Insolvenz. „Da ging mein Stern auf", sagt Kalli. „Es ging bergauf, das Rad begann zu rollen." Ein junger Student wollte in einer Arbeit für die Uni Mönchs-, Motorrad- und Fußballkutten vergleichen. Das gestaltete sich schwierig, stattdessen begleitete er Kalli drei Monate lang mit seinem Fotoapparat - sogar zum Gespräch beim Arbeitsamt, denn Kalli suchte in der Zeit Arbeit. Heraus kam der Bildband: „Kutten-Kalli - ein Leben für die Lilien". Und eine Idee: Betz-Druck Darmstadt druckte unentgeltlich 1000 Exemplare des Buches, das für rund zehn Euro verkauft wurde. Der Erlös trug dazu bei, die Lilien zu retten. Und Kutten-Kalli konnte sich vor den Medien kaum noch retten - Zeitungen, Fernsehen, alle waren da. Spätestens ab da war er bekannt „wie ein bunter Hund", auch weit über Darmstadt hinaus.

Die nächste ganz große Medienaktion gab es 2014, als Kalli in der Lilienschänke aus Versehen den Mund zu voll genommen und verkündet hat, dass er bei einem Aufstieg der Lilien mit dem Fahrrad nach Berlin fahren würde. Kurzum: Im Oktober ging es gemeinsam mit zwei Mitstreitern und drei Begleitern vom Stadion aus los - nicht ohne ein großes Fanaufgebot und priesterlichen Segen. Der Fahrradhersteller Cucuma stiftete dazu drei nigelnagelneue blaue Fahrräder, der Autohersteller Škoda ein Formel-eins-taugliches Begleitfahrzeug und ein Darmstädter Steuerbüro zahlte die Hotelübernachtungen. Radfahren für die Lilien und für krebskranke Kinder: Unterwegs haben die Radler Lilienbänder verkauft und wer wollte, konnte quasi Kilometer kaufen und so zu der Spendensumme beitragen. Über 7000 Euro hat die Aktion gebracht.

„120 bis 130 Kilometer sind wir pro Tag gefahren. Zum Glück war mein Bruder dabei, der mich jeden Abend massiert hat." Am Freitag kamen sie nach über 600 Kilometern Strampeln an der Gedächtniskirche in Berlin an, dort gab es eine große Party. „Selbst Frau Zypries kam aus dem Bundestag raus und hat uns begrüßt", erinnert sich Kalli voller Stolz.

Bei der Aufstiegsfeier 2015 durfte Kutten-Kalli mit auf der Bühne auf dem Karolinenplatz stehen, um die Menge anzuheizen. Auch im Stadion ist ein Ruf ausschließlich ihm vorbehalten, sonst keinem: „Wir sind die Heiner!", brüllt Kalli (ohne Megaphon), die Fans wiederholen das lautstark. „Uns schlägt keiner!" - erst Kalli, dann die Menge. Das Ganze dreimal. Dann: „Danke!" - „Bitte!" Wenn er anschließend in der Halbzeitpause durchs Stadion läuft, grüßt ihn Groß und Klein. Kalli kennt halt jeder.

Ein Leben für Darmstadt 98. „Bei uns zu Hause sieht es aus wie im Fanshop", erzählt der vierfache Vater und grinst. Nur zu Weihnachten wird das Blau-Weiß abgeschmückt und umdekoriert. „Das bin ich meiner Familie schuldig." Apropos: Gut, dass seine Familie mitzieht. Seine Frau Petra, mit der er seit etwa 30 Jahren „sehr glücklich" verheiratet ist, und seine Tochter Saskia sind ebenfalls große Fans. Und deshalb ertragen sie den schlecht gelaunten Kalli in der fußballfreien Zeit. „Die Winterpause geht", sagt er im Interview. „Da muss man ja Weihnachten und Silvester vorbereiten und im Januar geht es wieder los."

14

Schlimmer sei es im Sommer: „Die ersten Wochen beschäftige ich mich damit, meine Kutte zu erneuern. Aber dann….." Seine Frau nenne das „Entzugserscheinungen". WM oder EM helfe schon ein bisschen, aber irgendwie fehlt ihm dabei der Spaß, er sei halt kein klassischer Nationalmannschaftsfan.

Bei den Lilien ist Kalli, der als Patientenlogistiker in den Städtischen Kliniken arbeitet, ganz nah dran. Er geht zu der Mannschaft ins Training und kennt einige Spieler persönlich. „Das ist mein Ding",  sagt er und die Augen leuchten, „diese familiäre Art". „Bei Darmstadt 98 ist die Mannschaft der Star, nicht der einzelne Spieler", erklärt er. Deswegen ist für Kalli ganz klar: Darmstadt wird er niemals verlassen.

Fröhlich erzählt Kutten-Kalli, wie er bei den Kerbumzügen im Darmstädter Martinsviertel und im Stadtteil Bessungen mit dem Lilienwagen mitgefahren ist und dafür sogar zwei Helmspiele geschwänzt hat. Feiern ist sicherlich auch sein Ding. Dazu passt sein neues Hobby: Seit ein paar Jahren tanzt Kalli im Männerballett beim TSG 1846. Ohne Kutte, im Kostüm.

**Sportverein Darmstadt 1898 e.V. in Zahlen:**
Gegründet: 22. Mai 1898
Stadion: Merck-Stadion am Böllenfalltor
Plätze: 17.400
Mitglieder: 7.600
Erfolge: Süddeutscher Meister: 1973, 1978, 1981, 2011, Hessischer
Meister: 1950, 1962, 1964, 1971, 1999, 2004, 2008, Hessenpokalsieger:
1966, 1999, 2001, 2006, 2007, 2008, 2013, Aufstieg in die Bundesliga:
1978, 1981, 2015

# Der WM-Held mit dem falschen Pass

*Von Rüdiger Fröhlich*

Das Turnier im eigenen Land lief bislang nicht so, wie sich Helmut Schön das vorgestellt hatte. Erst der qualvolle 1:0-Sieg gegen Chile im Berliner Olympiastadion. Beim Erfolg gegen den krassen Außenseiter Australien wurden Franz Beckenbauer, Paul Breitner, Gerd Müller und Co. sogar vor nur 35.000 Zuschauern in Hamburg ausgepfiffen. Am 22. Juni 1974 läuft dann auch das Prestige-Duell gegen die Deutsche Demokratische Republik im Hamburger Volksparkstadion mau für die Schön-Elf. Lange steht es 0:0. In der 80. Minute schlägt Erich Hamann vom FC Vorwärts Frankfurt einen Traumpass von der rechten Seite über 40 Meter zu Jürgen Sparwasser. Der Magdeburger Stürmer nimmt den Ball fein mit, umspielt Horst-Dieter Höttges sowie Berti Vogts - und haut den Ball unter die Latte des herausstürmenden Sepp Maier. Sparwasser schlägt vor Glück einen Purzelbaum. Die DDR schlägt die Bundesrepublik 1:0. Die erste Sensation bei der Weltmeisterschaft ist perfekt, die Fußball-Götter aus dem Westen sind am Boden zerstört.

Nach der Pleite gegen die DDR gibt es Gerüchte, dass Trainer Helmut Schön von den Führungsspielern entmachtet wurde, dass sie die Regie übernahmen. Es schlägt dann aber die Stunde des Jüngsten im DFB-Team: Rainer Bonhof, 22 Jahre alt. Am Abend vor dem Jugoslawienspiel erfährt er, dass er spielen soll. „Ich denke, Helmut Schön war so schlau und hat sich mit dem Mannschaftsrat beraten", sagte Bonhof später.

Mit Rainer Bonhof kam die Wende bei der Fußball-Weltmeisterschaft 1974. In der Zwischenrunde wurde Jugoslawien 2:0 bezwungen, beim 4:2-Spektakel gegen Schweden erzielte der Gladbacher vom 16er ein „Billardtor" über beide Pfosten – sein erster Treffer für Deutschland. Auch bei der legendären „Wasserschlacht von Frankfurt" gegen die starken Polen (1:0) spielte Bonhof über 90 Minuten. Ein Wolkenbruch hatte das Spielfeld im Waldstadion unspielbar gemacht, doch aufgrund des engen Spielplans befreite die Feuerwehr mit Pumpen und Walzen den Platz von den größten Wassermassen. Sepp Maier hielt mehrere Bälle der polnischen Stürmer sensationell, etliche Torchancen der Polen wurden auch durch Pfützen vor Maiers Tor in letzter Sekunde vereitelt. „Bei normalen Spielverhältnissen hätten wir vermutlich keine Chance gehabt", sagte Franz Beckenbauer. Im Finale – ausgerechnet gegen die Niederlande – schaltete Rainer Bonhof den Weltklassespieler Johan Neeskens aus und gab dann die Vorlage zum unvergessenen 2:1-Siegtreffer durch Gerd Müller. Das war der Beginn der großen Karriere des Mittelfeldspielers mit dem knallharten Schuss von Borussia Mönchengladbach. Dabei hätte alles auch ganz anders kommen können.

Rainer Bonhof wuchs in Emmerich in einfachen Verhältnissen an der Grenze zu den Niederlanden auf – allerdings nicht als Deutscher, sondern als Holländer. Sein Urgroßvater hatte sich in eine Deutsche verliebt und war von den Niederlanden nach Deutschland gezogen. So war Bonhofs Familie schon seit drei Generationen holländisch geworden und hatte nur einen holländischen Ausweis. „Das gab es damals häufig im Grenzgebiet, dass Menschen auf der anderen Seite mit anderem Pass lebten. So war das auch mit meinen Großeltern und Ur-Großeltern. Mir war das gar nicht so bewusst", sagte Bonhof. Mit 16, 17 Jahren wurde dann der DFB auf ihn aufmerksam und wollte ihn in die Junioren-Auswahl holen. Doch Rainer Bonhof hatte keinen deutschen Ausweis.

Als er am 18. Oktober 1969 in Geleen sein erstes Juniorenspiel für den DFB gegen die Niederlande bestreiten sollte, fiel dies natürlich auf. „Ich erklärte dann, dass ich nichts anderes habe", meinte Bonhof darauf lachend. „Das war ein Länderspiel, da hätte ich theoretisch nicht spielen dürfen." Doch die beiden Junioren-Nationaltrainer tauschten sich wegen Bonhof aus und akzeptieren es dann für dieses eine Spiel – ein unglaublicher Zufall in der Fußballgeschichte. „Danach wurde ich gebeten, meine Nationalität zu ändern. Das Prozedere war damals gar nicht so einfach." Nach diesem Spiel wurde Rainer Bonhof noch als Jugendlicher deutscher Staatsbürger – und war damit der erste eingebürgerte Nationalspieler Deutschlands. Nur so konnte es am 7. Juli 1974 zur 43. Spielminute im Münchner Olympia-stadion kommen, als Rainer Bonhof sich auf der rechten Seite durchsetzte und den Ball flach und hart zum Bomber der Nation reinspielte...

**Statistik zum niederländisch-deutschen Spieler Rainer Bonhof:**

Geboren: 29. März 1952 in Emmerich
54 Länderspiele (9 Tore)
311 Bundesligaspiele (57 Tore)
Größte Erfolge: Weltmeister 1974, Europameister 1972 und 1980, UEFA-Cup-Sieger 1975, Deutscher Meister 1970/71,
1974/75, 1975/76, 1976/77, DFB-Pokalsieger 1975, Spanischer Pokalsieger 1979, Europapokal der Pokalsieger 1980
Vereine: Borussia Mönchengladbach (1970-78), FC Valencia (1978-80), 1. FC Köln (1980-83), Hertha BSC (1983)

# DDR-Ausweis macht Hertha-Spiel zum Publikumsrenner

*Von Christina Rath*

Von großen Ereignissen in der Weltgeschichte und Hauptstadtfußball soll in dieser Geschichte die Rede sein. Bedeutendes hat sich nämlich am 11. November 1989 in Berlin zugetragen. Richtig, das war ein Fußballspiel zwei Tage nach dem Mauerfall.

Die Partie selbst: ein Zweitligaspiel von Hertha BSC gegen die SG Wattenscheid 09 im Olympiastadion, 17. Spieltag der Saison 1989/90. Ein insofern beachtenswertes Spiel, als Wattenscheid gemeinsam mit Saarbrücken und Braunschweig die Zweite Liga mit 23 Punkten anführte, direkt dahinter stand Hertha BSC mit 22 Punkten. Es konnte also durchaus spannend werden - aber ein Publikumsmagnet? An einem trüben Novembertag?

Nun hatte sich aber zwei Tage zuvor Weltgeschichte ereignet und damit war alles anders. In allen Lebensbereichen, aber auch im Fußball: Erstmals konnten am ersten Samstag nach der Öffnung der Berliner Mauer auch wieder Fans aus Ost-Berlin und Brandenburg ins Olympiastadion kommen. Hertha BSC und Sponsor Nissan erkannten sofort die Zeichen der Zeit und spendierten 10.000 Freikarten gegen Vorlage eines DDR-Ausweises - später

21

wurden ostdeutsche Fans sogar ganz ohne Ticket reingelassen.

„Es war ein herausragender Moment", sagte Frank Kontny, Abwehrspieler des SG Wattenscheid 09, dem Berliner „Tagesspiegel", „wir hatten mit 10.000 bis 12.000 Fans gerechnet und wurden letzten Endes von 60.000 unterstützt." Oder auch etwas mehr. Offiziell jedenfalls wurden 44.174 Zuschauer bei dem legendären Spiel gezählt. Nach 28 Jahren Trennung konnten Berliner Fußballfans endlich wieder zusammen Bratwurst essen und ihren Verein feiern.

Zu Ehren dieses besonderen Moments zählte der Stadionsprecher jeden Berliner Bezirk einzeln auf und hieß die Zuschauer von dort willkommen. „Ich werde das Einlaufen ins Stadion mein Leben lang nicht vergessen", erinnert sich Kortny. „Ich bekomme heute noch Gänsehaut, wenn ich daran denke."

Das Spiel selbst trat durch diese Umstände in den Hintergrund. Die Wattenscheider unter Trainer Hannes Bongartz gingen gegen Ende einer eher unspektakulären ersten Halbzeit in Führung, doch die Berliner schafften in den zweiten 45 Minuten den Ausgleich. "Es war eine festliche Stimmung im Stadion", sagt Walter Junghans, Torwart von Hertha BSC, nach dem Spiel. „So eine Euphorie nach unserem Ausgleichstor, obwohl wir vorher wirklich nicht gut gespielt haben, erlebt man nicht alle Tage." Und dabei blieb es: 1:1.

Hannes Bongartz wurde mit den Worten zitiert: "Wir freuen uns, diesen 11.11. in Berlin miterlebt zu haben. Meine Spieler und ich waren seit der Ankunft von den Geschehnissen in dieser Stadt stark berührt." Ähnlich ergriffen zeigte sich der Berliner Trainer Werner Fuchs: "Die Mannschaft saß vor dem Spiel schweigend in der Kabine. Alle waren wie gelähmt vor Rührung, aber auch durch den Druck dieses historischen Spiels."

Historisch und am Ende für beide Vereine erfolgreich: Hertha BSC wurde Meister der Zweiten Bundesliga, beide stiegen am Ende der Saison in die Erste Bundesliga auf.

**Statistik zum Spiel Hertha BSC gegen SG Wattenscheid 09 am 11.11.89:**

**Hertha BSC**
Walter Junghans - Frank Mischke - Michael Jakobs - Jan Halvor Halvorsen - Mike Lünsmann - Marco Zernicke (46. Sven Kretschmer) - Mika Aaltonen - Torsten Gowitzke - Theo Gries - Dirk Kurtenbach (74. Stephan Täuber) - Fred Klaus

**SG Wattenscheid 09**
Ralf Eilenberger - Jörg Sobiech - Jörg Bach - Uwe Neuhaus - Stefan Emmerling - Frank Kontny - Harald Kügler - Thomas Langbein - Thorsten Fink - Uwe Tschiskale - Maurice Banach

Tore: 0:1 Bach (43.), 1:1 Kretschmer (64.)
Schiedsrichter: Anton Matheis
Stadion: Berliner Olympiastadion
Zuschauer: 44.174

# Von der 8. Liga zum 20-Millionen-Stürmer

*Von Rüdiger Fröhlich*

"Bring your vodka and your charlie", schreien die 31.784
Fans frenetisch von den Rängen des King Power Stadium.
Es ist ein Höllenlärm in der 85. Spielminute und mit „charlie" ist nicht das niedliche Tierchen eines Spielers gemeint,
sondern Koks. Kokain. Das, was sich in den 28 Minuten zuvor im Stadion in der Grafschaft Leices-
tershire im Vereinigten Königreich zugetragen hat, ist so
ungewöhnlich wie der Stürmer, der gerade ausgewechselt
wird und dem dieser wuchtige Kult-Gesang gewidmet ist.
Das Spitzenteam von Manchester United ist am 5. Spieltag
zu Gast beim krassen Außenseiter Leicester City, führt mit
3:1 durch Treffer von Robin van Persie, Ángel di Maria und
Ander Herrera Agüera. United zeigt gegen die heimischen
Foxes seine Klasse. Jeder im Stadion denkt: Das Ding ist
durch. Doch dann wird ManUnited-Trainer Louis van Gaal
plötzlich mürrisch, „grumpy", wie der Engländer sagt. Ein
gewisser Jamie Vardy bereitet in zwei Minuten zwei Treffer
für Leicester vor, es steht 3:3.  Er hatte bereits den Assist
für das Tor von Leonardo Ulloa in der ersten Halbzeit be-
sorgt. Ein zorniger Blick von van Gaal. Was ist bloß mit seinen Fußball-Millionären auf dem Platz los? 15 Minuten später, in der 79. Minute, schiebt Vardy selbst den Ball cool
zum 4:3 rein. Der niederländische Coach verzieht gequält
sein Gesicht, als würde er fragen: „Wer verdammt zur Hölle
ist dieser Jamie Vardy?" Nur vier Minuten später ist der

24

Stürmer von Leicester wieder durch, holt einen Strafstoß und eine Rote Karte gegen United raus. Ulloa trifft per Elfer, 5:3. Vier Torvorlagen, ein Treffer – Jamie Vardy geht Duschen und die Fans grölen: "Jamie Vardy's having a party, bring your vodka and your charlie!"

Jamie Vardy ist der wohl wundersamste Stürmer der englischen Fußball-Historie. Als Sohn einer Arbeiterfamilie wuchs er in Hillsborough auf, besuchte die Jugendakademie des Traditionsklubs Sheffield Wednesday. Mit 16 kam dann der Schock: Sheffield sortiert den Fußball-Teenager aus. Mit 1,40 Meter ist er zu klein und zu schmächtig, der Traum von der Profi-Karriere geplatzt. „Das war echt hart", sagte Vardy der örtlichen Zeitung, dem „Leicester Mercury". Er orientierte sich um, absolvierte eine Lehre zum Carbonfaser-Techniker und stellte Fußprothesen her. Fast ein Jahr lang rührte er seinen geliebten Fußball nicht mehr an, bis ihn ein Arbeitskollege zu einem Hobbykick mitnahm. Kurz darauf heuerte er bei den Stocksbridge Park Steels an, einem Amateur-Klub aus einem Vorort von Sheffield. Jamie Vardy findet zu seiner Leidenschaft für den Fußball zurück. Er erhält rund 40 Euro pro Spiel in der 8. Liga.

Im Sommer 2007 kommt der nächste schwere Rückschlag: Jamie Vardy ist mit ein paar Kumpels in einer Kneipe unterwegs, es kommt zu einer schweren Schlägerei. Der Stürmer wird wegen Körperverletzung verurteilt und muss sechs Monate lang eine elektronische Fußfessel tragen. Zudem verhängt das Gericht eine Ausgangssperre für ihn zwischen 18 Uhr und 6 Uhr morgens. Er kickt trotzdem weiter für die „Steels", die Fußfessel muss er sogar bei den Spielen tragen. Noch komplizierter wird aber die Ausgangssperre, bei vielen Auswärtsspielen muss er nach 60 Minuten raus, um seine strengen Auflagen nicht zu verletzten. „Ich musste teils über Zäune springen und nach Hause sprinten", so Vardy.

Jamie Vardy tat für die „Steels" das, was er einfach kann: In 107 Ligaspielen erzielte er 66 Tore. 2010 wechselte er für etwa 20.000 Euro zum FC Halifax Town und schoss Halifax als Top-Torjäger mit 24 Treffern zur Meisterschaft in der Northern Premier League Premier Division (7. Liga). In der darauffolgenden Saison wechselte Vardy zum Fünftligisten Fleetwood Town und schoss das Team wieder als Torschützenkönig mit 31 Toren zur Meisterschaft in der National League.

Danach folgte ein kometenhafter Aufstieg für Jamie Richard Vardy wie es ihn wohl im europäischen Spitzenfußball noch nie gab: Wechsel zum Zweitligisten Leicester City im Mai 2012 für 1,3 Millionen Euro. In der zweiten Saison Aufstieg in die Premier League, Vardy steuert 16 Treffer bei. Seinen Durchbruch feierte der ungewöhnliche Stürmer in der Premier League am 21. September 2014 beim 5:3-Sieg gegen Manchester United mit einem Treffer und vier Torvorlagen. Doch es wurde noch besser, in der Saison

2015/2016 gelingt Vardy mit Leicester ein Fußball-Wunder. Die Foxes werden sensationell englischer Meister. Vardy traf vom 29. August bis zum 28. November in jedem Premier-League-Spiel (11 Spiele – neuer Rekord in England) und steuerte sensationelle 24 Tore zur Meisterschaft bei. Am 26. März 2016 erzielte Jamie Vardy ein Traumtor per Hacke beim 3:2-Sieg Englands gegen Deutschland – sein erster Treffer für die Nationalmannschaft. Er wurde in den Kader der Engländer für die EURO 2016 berufen und traf gleich bei seinem ersten Einsatz bei der Europameisterschaft gegen Wales im zweiten Gruppenspiel (2:1). Im Achtelfinale scheiden die Briten jedoch überraschend gegen Island aus. Insgesamt bestreitet Vardy 26 Spiele (sieben Tore) für die englische Nationalmannschaft. Am 28. August 2018 verkündet er seinen Abschied aus der Nationalmannschaft. Sein Marktwert wird auf 20 Millionen Euro geschätzt. Für Leicester City stürmt Jamie Vardy aber weiter. Ach so, falls Sie Jamie Vardy und Leicester City mal live erleben wollen: Zur Fete danach mögen Vodka und Koks mitgebracht werden...

**Statistik zu Jamie Richard Vardy (noch aktiv – Stand Juni 2020):**

Geboren: 11. Januar 1987 in Sheffield
26 Länderspiele (7 Tore)
262 Spiele in der Premier League (117 Tore)
Größter Erfolg: Englischer Meister 2016
Vereine: Stocksbridge Park Steels (2007-10), FC Halifax Town (2010-11), Fleetwood Town (2011-12), Leicester City (2012 - )

# „Kein Sensibelchen" – Torpfosten-Krimi mit Uwe Klimaschefski

*Von Christina Rath*

1976, Rosenmontag, der FC 08 Homburg hat verloren. Der Trainer ist sauer und ordnet ein Straftraining an. Noch einer ist sauer, der Platzwart: „Klimaaa, runter vom Rasen!" brüllt er der Legende nach in einer Tour. Jetzt ist der Trainer sauer UND genervt.

Also integriert er den Platzwart kurzerhand ins Training: Er bindet ihn mit einem Springseil an den Torpfosten und die Mannschaft beginnt ein Torschusstraining. „Er war betrunken und hatte uns zuvor ziemlich genervt", erklärt Uwe Klimaschefski später im Interview mit „11Freunde" seinen wenig zimperlichen Umgang mit dem Platzwart, der wohl nicht zu unrecht den Spitznamen „Underberg" trug.

Plötzlich ein Poltern: Die Frau des Platzwarts kommt aus der Vereinsgaststätte gestürmt und rennt auf den Rasenplatz zu. In ihrer Faust funkelt ein langes, scharfes Brotmesser....

Mit dem schneidet sie ihren Mann vom Pfosten los und der Spuk ist vorbei.

Wer ist Uwe Klimaschefski, genannt „Klima", der Trainer mit den rabiaten Methoden? 1938 in Bremerhaven geboren, macht er zunächst eine Lehre als Bauklempner, doch sein Herz  gehört dem Fußball. Mit 17 spielt er bei Bremerhaven 93 in der Oberliga, dann bei Bayer 04 Leverkusen (2. Liga West), wechselt anschließend zu Hertha BSC, wo er mit Größen wie Otto Rehhagel, Carl-Heinz Rühl und Jürgen Sundermann kickt. 1965 unterschreibt er beim 1. FC Kaiserslautern. Seinen Spielstil beschreibt er in einem Interview so: "Ich war vielleicht kein Sensibelchen, aber auch kein gemeines Rauhbein."

Als Klima 29 Jahre ist, verletzt er sich schwer am Knie, sein Arzt rät ihm vom Fußballspielen dringend ab. Also macht er 1970 an der Kölner Sporthochschule eine Trainerausbildung bei Hennes Weisweiler - übrigens gemeinsam mit Otto Rehhagel. Und beginnt seine Trainerlaufbahn beim FC 08 Homburg, Regionalliga West. „Mit dem damaligen Präsidenten Udo Geitlinger war ich schnell wie Arsch auf Eimer", so Klimaschefski im 11Freunde-Interview, „uns verband bald eine richtige Männerfreundschaft".

Ein Jahr später wechselt er für eine Zeit zu Hapoel Haifa nach Israel, es folgen Stationen beim FSV Mainz, Hertha BSC, dem 1. FC Saarbrücken, FC St. Gallen, Blau-Weiß Berlin und 1860 München. Auch bei Darmstadt 98 sitzt er 1990 auf der Trainerbank, allerdings nur für ein einziges Spiel. Nach einer Niederlage gegen die SpVgg Bayreuth ist der Job in Südhessen schon wieder beendet - er dauert vier Tage.

Zum FC 08 Homburg kehrt Klima während seiner 24-jährigen Trainerlaufbahn insgesamt fünfmal zurück. Nur in Homburg könne er ungestraft bei Rot über die Ampel fahren, bekennt er einmal. So gut gefällt es ihm da, dass er 1977 sogar ein Angebot des FC Bayern ausschlägt, nachdem Homburg die Münchener im DFB-Pokal-Viertelfinale sensationell mit 3:1 besiegt.

Und in Homburg gibt es auch den bereits genannten Platzwart, der in mehreren Geschichten vorkommt. Dieser soll eines Winters mal nachts den Platz geflutet haben, damit das für den kommenden Tag geplante Spiel wegen Glatteises ausfallen muss. Im Auftrag von – Klimaschefski, wie der freimütig zugibt.

Im Jahr 1976 wie die Torpfosten-Geschichte spielt die Elfmeterpunkt-Story: Im Pokal-Viertelfinale gegen den HSV bekommt Homburg einen Elfmeter zugesprochen. Harald Diener schießt - gut -, aber der Torwart Rudi Kargus kommt noch dran. Der HSV ist weiter, Homburg ist raus. Stocksauer beäugt Klimaschefski am nächsten Morgen den Platz. Und stellt fest: Platzwart „Underberg" hat den Elfmeterpunkt falsch ausgemessen, es ist mindestens ein Zwölf-meterpunkt. Um vor der Fußballwelt nicht wie die Deppen da zu stehen, sind sich Klima und sein Freund Geitlinger einig: Wir sagen nichts!

In seinen 24 Jahren als Trainer sammelt Klima noch einige Anekdötchen. Sei es das von ihm versprochene Wettrennen von Oben-Ohne-Models in der Halbzeitpause, das mehr als die angekündigten 1000 Zuschauer ins Stadion locken soll (es kommen 3000, die Show ist aber frei erfunden). Oder die Geschichte, dass er mal einen Testspieler in voller Montur unter der Dusche mit dem Ball jonglieren ließ - um zu sehen, wie er bei Regen spielt. Oder die kleine, feine Szene aus dem Jahre 1974: Klimaschefski wird von einem Mainzer Fan beleidigt und reagiert lässig. Er bittet den Mann höflich, sein Brötchen zu halten, anschließend verpasst er ihm mit der nun freien Hand einen Kinnhaken.

Schon ganz schön rabiat, aber ehrlich und direkt. Diese Geschichten seien „spontan passiert, aus der Situation heraus", erklärt Klima. Die habe er „nicht generalstabmäßig geplant". „Geschauspielert habe ich nie. Als Mensch und als Trainer habe ich immer aus dem Bauch heraus entschieden, nur ganz selten mit dem Kopf. Das war eben meine Art."

Das glaubt man ihm. Spontan kommen sicher auch seine markigen Sprüche, sowas wie: „Als Bundesligatrainer siehst du doch schon am Gang, ob einer Fußball spielen kann oder bei der Müllabfuhr ist. " Oder: „Unsere Spieler können 50-Meter-Pässe spielen: fünf Meter weit und 45 Meter hoch."

Noch ein Beispiel - man kann einfach aus dem Vollen schöpfen. Nach einer Niederlage bei der Pressekonferenz: "Weitere Fragen kann ich nicht beantworten. Ich muss jetzt zu meinen Spielern. Die sind so blind, dass sie den Weg von der Kabine zum Bus nicht finden." Er ist halt ein ehrgeiziger Trainer - gefürchtet und beliebt gleichermaßen.

Am 30. März 1994 schließlich endet Klimaschefskis Trainerkarriere, weil sich die Spieler in einer Abstimmung gegen ihn aussprechen. Daraufhin tritt auch sein Freund Geitlinger als Präsident zurück. Klima selbst sieht das Ganze gelassen. Seine Zeit sei vorbei gewesen. „Die neue Spielergeneration kam mit mir nicht mehr zurecht und ich nicht mehr mit den Spielern."

Außerdem wollte er eigentlich schon in den 80er Jahren als Trainer aufhören. Selbstkritisch gibt er zu: „Ein Auto von 1970 sieht vielleicht schöner aus, aber besser ist das Modell von 2012." So sei das auch im Fußball: „Alles ändert sich, alles entwickelt sich, alles wird besser. Der Klima von 1970 würde heute sicherlich Probleme bekommen." Da hat er möglicherweise nicht ganz unrecht.

Mit dem Ende von Klimaschefskis Trainerlaufbahn gibt es auch keine neuen Anekdoten und Sprüche mehr. Aber der Fundus ist groß, er gäbe noch Stoff für viele Geschichten her. Und denken Sie immer daran: Wenn Klima Sie bittet, sein Brötchen zu halten - seien Sie bloß vorsichtig....

**Statistik zu Uwe Klimaschefski :**

Geboren: 11. Dezember 1938 in Bremerhaven (Deutsches Reich)
159 Bundesligaspiele (12 Tore) für Hertha BSC und 1. FC Kaiserslautern
Vereine als Trainer:
1970-71: FC 08 Homburg
1972: Hapoel Haifa
1972-74: FC 08 Homburg
1974: 1. FSV Mainz 05
1974-1980: FC 08 Homburg
1980-81: Hertha BSC
1982-86: 1. FC Saarbrücken
1986-87: FC St. Gallen
1987: FC 08 Homburg

# Wie ein kleiner Gauner den wichtigsten Fußball-Pokal der Welt stahl

*Von Rüdiger Fröhlich*

England, das Mutterland des Fußballs, im Jahr 1966, die WM im eigenen Land. Solche Geschichten schreibt nur dieser Sport, so schön, so emotional. Um dieser fabelhaften Story die Krone aufzusetzen, liehen ihn sich die Briten vor Beginn der Weltmeisterschaft von der FIFA aus: 35 Zentimeter groß, 3,8 Kilogramm schwer und aus vergoldetem Sterlingsilber – der der griechischen Siegesgöttin Nike nachempfundene WM-Pokal „Coupe Jules Rimet".

England sollte später durch das 4:2 gegen Deutschland im Finale Weltmeister werden, inklusive des umstrittenen „Wembley-Tors". Aber der erste Engländer, der den „Coupe Jules Rimet" in den Himmel streckte, war nicht Englands Kapitän Bobby Moore, sondern ein kleiner Ganove namens  Sidney Cugullere. Es ist nicht immer einfach, Dinge nachzuverfolgen, wenn man erst zwei Jahre nach dem unglaublichen Diebstahl in England geboren wurde – so wie ich in diesem Fall. Aber diese Geschichte ist es definitiv wert.

Rückblende: Sonntag, 20. März 1966: Die FIFA hatte England den „Coupe Jules Rimet" nur unter der Auflage von strengsten Sicherheitsvorkehrungen geliehen.

Sechs Wachleute sollten ihn rund um die Uhr in der Westminster Central Hall in London wie den englischen Thronschatz beschützen. In dieser Kirche wurde er der Öffentlichkeit zu Ehren der Heim-WM im Mutterland des Fußballs bei der Ausstellung „Sport und Briefmarken" präsentiert. Doch genau an diesen Sonntag schauten die sechs Wachen plötzlich entsetzt und fassungslos in die leere Glasbox, in der er eigentlich hätte stehen müssen: Der weltberühmte Fußball-Pokal „Coupe Jules Rimet" war weg. Unterschiedlich waren später die Erklärungsversuche und Ermittlungsergebnisse der Polizei, wie es tatsächlich dazu kommen konnte. Ein Musiker hätte zu der Zeit besonders virtuos in die Tasten der Orgel geschlagen, sagten die einen. Andere erklärten, die sechs Wachleute seien einfach zusammen Mittagessen gewesen, keiner sei während des Raubes des WM-Pokals da gewesen. Fakt ist: Sidney Cugullere gab später zu Protokoll: „Ich war vollkommen erstaunt, wie einfach das war. Nur zwei Vorhängeschlösser, sonst nichts!"

Scotland Yard übernahm den brisanten Fall. Doch es wurde immer abstruser. Plötzlich rief ein Unbekannter beim englischen Fußball-Verband an und forderte „nur" 15.000 Pfund Lösegeld für den Pokal, sonst würde er ihn einschmelzen lassen. „Und die Polizei darf auf keinen Fall eingeschaltet werden!", sagte er am Telefon. Besonders zu erwähnen ist dabei, dass der Dieb bei der Ausstellung in der Westminster Central Hall Briefmarken im Wert von drei Millionen Pfund einfach liegen ließ.

Bei der Geldübergabe wurde der Erpresser, der Dockarbeiter Edward Betchley, verhaftet. Er schwieg jedoch beharrlich zu allen Details des unfassbaren Diebstahls. Was aber noch schlimmer war: Betchley verriet auch nicht, wo sich der „Coupe Jules Rimet" befand. Die Welt war geschockt. Eine Weltmeisterschaft ohne Pokal.

Eine Woche später ging David Corbett, ein junger Themse-Fährmann, mit seinem Hund Pickles im Londoner Stadtteil Upper Norwood spazieren. Plötzlich schlug Pickles an, die schwarz-weiße Promenadenmischung buddelte wie wild etwas aus einem Vorgarten aus. Corbett erhielt das Fundstück von seinem Hund, fest verschnürt in Zeitungspapier. Der Fährmann wickelte es aus und sah den Pokal mit den eingravierten Namen Uruguay, Italien, Deutschland und Brasilien – und übergab ihn sofort der Polizei.

Pickles hatte die Weltmeisterschaft gerettet und wurde zum Superstar der WM. Aus allen Teilen Englands erhielt er Pakete mit Hunde-Leckerlis und Dosenfutter. Sein Herrchen bekam zudem 3000 Pfund Finderlohn, dreimal so viel wie Englands Fußball-Helden später für den Triumph im Finale gegen Deutschland. Die süße Promenadenmischung Pickles saß beim Eröffnungsspiel der WM in der VIP-Lounge gleich neben den Plätzen des Könighauses und der Regierung. Beim Abschlussbankett durfte er alle Teller der Stars und Prominenten abschlecken.

**Informationen zum WM-Pokal „Coupe Jules Rimet":**

1930 bis 1970 der Siegespokal der Fußball-Weltmeisterschaften

3,8 Kilogramm schwer aus vergoldetem Sterlingsilber, der Sockel aus Lapislazuli

Benannt nach dem ehemaligen FIFA-Präsidenten Jules Rimet

Im 2. Weltkrieg in einer Pappschachtel unter einem Bett versteckt, damit ihn die Nazis nicht finden

Am Sockel eine Goldplakette mit dem Namen Jules Rimet und denen der neun Weltmeister

Erschaffen vom französischen Bildhauer Abel Lafleur

1970 ging er an Brasilien aufgrund von drei WM-Erfolgen

Am 19. Dezember 1983 wurde er in Brasilien erneut gestohlen

Es ist weiter unklar, ob es den „Coupe Jules Rimet" noch gibt, die brasilianische Polizei vermutet, dass er eingeschmolzen worden ist

In der Schatzkammer des Deutschen Fußballmuseums in Dortmund ist eine Replik zu sehen

# Ein Jäger rettete das Leben von Uli Hoeneß

*Von Christina Rath*

Der Maschinenbau-Ingenieur Karl-Heinz Deppe ist Jäger. Am Abend des 17. Februar 1982, also vor fast 40 Jahren, erlegt er in seinem Revier in Brelingen bei Hannover einen Fuchs und legt das Tier in den Kofferraum seines Lada-Geländewagens. Auf dem Weg nach Hause bemerkt er plötzlich viel Blaulicht, ein Unglück ist passiert.

Etwa 15 Kilometer nordwestlich des Flughafens Hannover-Langenhagen ist eine Propellermaschine auf dem Weg von München nach Hannover abgestürzt, eine Piper Seneca. An Bord: der Pilot Wolfgang Junginger, Co-Pilot Thomas Kupfer, Helmut Simmler, der Direktor des Münchner Copress-Verlages, und Uli Hoeneß, damals 30 Jahre alt und Manager des FC Bayern München, ursprünglich unterwegs zu einem Länderspiel Deutschland gegen Portugal.

Da die Einsatzkräfte in dem unwegsamen und vereisten Gebiet nicht weiterkommen, bitten sie den Jäger mit seinem Geländewagen um Hilfe. Karl-Heinz Deppe findet den einzigen Überlebenden des Unglücks in der Nähe des Wracks, verletzt und stark unterkühlt. Uli Hoeneß hatte im hinteren Teil des Flugzeugs geschlafen. Weil er nicht angeschnallt war, wurde er herausgeschleudert und blieb am Leben.

Der Jäger setzt den Verletzten vorsichtig auf den Beifahrersitz seines Wagens. Doch der Motor springt nicht an - „wie in einem schlechten Film", erzählt Deppe Jahre später der „Welt". Kurzerhand habe er seine Jagdbeute aus dem Kofferraum geworfen und den Frierenden mit der darunter liegenden Decke zugedeckt. Und sich anschließend mit Hund und Gewehr zu Fuß auf den Weg gemacht, wo ihm die Rettungskräfte bald entgegen kommen.

„Wer ist Uli Hoeneß?", fragt der wenig fußballinteressierte Jäger wenige Minuten später. Dieser kommt mit Gehirnerschütterung und einigen Knochenbrüchen ins Krankenhaus Hannover-Nordstadt, später in die Klinik München Großhadern. „Ohne mich hätte Hoeneß es wohl nicht geschafft", sagt Deppe später der Zeitung. „Er wäre an Unterkühlung gestorben."

Als er wieder gesund ist, lädt Uli Hoeneß seinen Retter und alle, die ihm geholfen haben, nach München ein. Der Legende nach ließ der Jäger später aus dem Fell des Fuchses eine Stola nähen, die er Hoeneß' Frau Susi schenkte, mit der er seit 1972 verheiratet ist und zwei Kinder hat. Nach den traumatischen Ereignissen, die er selbst nur durch einen glücklichen Zufall überlebte, feiert Uli Hoeneß den 17. Februar als seinen zweiten Geburtstag.

Längst weiß Karl-Heinz Deppe, wer Uli Hoeneß ist, dessen eigentlicher Geburtstag der 5. Januar 1952 ist. Nämlich eine der prägendsten Figuren im deutschen Fußball. Als das Flugzeug abstürzte, hatte Hoeneß erst drei Jahre zuvor seine Fußballkarriere beendet. Diese hatte er gemeinsam mit seinem Bruder Dieter in der Jugendabteilung des VfB Ulm begonnen. später wechselte er zum TSG Ulm (heute SSV Ulm 1846), wo er seinen Freund Paul Breitner kennenlernte.

Mit dem wiederum ging er 1970 zum FC Bayern München, seinem Verein. Hier kickte Hoeneß bald als Stammspieler mit weiteren Fußballlegenden wie Franz Beckenbauer, Gerd Müller und Sepp Maier. 250 Bundesligaspiele absolvierte Hoeneß insgesamt, die meisten für den FC Bayern, schoss 85 Tore.

Ein Wahnsinnserfolg löste den anderen ab: Drei Mal wurde er mit Bayern zwischen 1972 und 1974 deutscher Meister. Mit der Nationalmannschaft wurde er 1972 Europameister und schließlich 1974 Weltmeister.

Als Uli Hoeneß wegen Knieproblemen mit dem Profi-Fußball aufhören musste, war er 27 Jahre alt. Und damit ging es eigentlich erst richtig los. Der 1. Mai 1979 ist sein erster Arbeitstag als Manager des FC Bayern München, er ist damit der jüngste Manager in der Geschichte der Fußball-Bundesliga. „Ich habe mich um jeden Scheiß gekümmert", beschreibt Uli Hoeneß Jahre später diese Anfangszeit. „Abfahrtszeiten, Busunternehmen, Trikots, zur Not habe ich den Spielern die Stollen reingeschraubt."

Er setzt neue Maßstäbe: Während seiner Amtszeit als Manager und später Präsident wird sein Verein 20 Mal deutscher Meister. Den DFB-Pokal holt er gleich elfmal. Zweimal gewinnt der FCB die UEFA Champions League, 1996 wird er UEFA-Pokal-Sieger.

Der Reigen der beeindruckenden Zahlen geht weiter: Als Uli Hoeneß seinen Job antritt, setzt der FCB zwölf Millionen Mark um, hat 20 Mitarbeiter und sieben Millionen Mark Schulden. 40 Jahre später sind es mehr als 1000 Mitarbeiter, der Umsatz liegt vielleicht bei 750 Millionen Euro im Jahr und Eigenkapital ist auch reichlich da.

Und der der beeindruckenden Namen. Diese Trainer holte Uli Hoeneß nach München: Udo Lattek, Giovanni Trapattoni, Ottmar Hitzfeld, Jürgen Klinsmann, Otto Rehhagel, außerdem Louis van Gaal, Felix Magath, Jupp Heynckes und schließlich Pep Guardiola.

So richtig stolz ist Hoeneß auf das Münchner Stadion, das 2005 eröffnet wurde - eines der größten und schicksten Stadion der Welt, das seine Farbe wechseln kann. 340 Millionen Euro hat die Allianz-Arena den FC Bayern und den TSV 1860 München gekostet, heute gehört sie nur noch dem FC Bayern. "Ich denke mir immer wieder: Mensch Meier, dieses Stadion ist eine Meisterleistung", sagt Hoeneß wenig bescheiden dem Mitgliedermagazin „51".

Neben seinem Managerjob ist Uli Hoeneß auch als Unternehmer aktiv: Gemeinsam mit einem Freund gründet der Metzger-Sohn 1985 das Wurst-Unternehmen HoWe in Nürnberg, die Abkürzungen stehen für Hoeneß und Weiß. Heute führt Sohn Florian die Fabrik. Dazu befragt vom „Handelsblatt" erklärt Uli Hoeneß:

„In einer Fabrik hat man einen direkteren Zugriff auf alles. Wenn du durch deine Werksräume gehst und einen Fehler siehst, kannst du dem Vorarbeiter sagen: Das muss jetzt geändert werden. Wohingegen, wenn ein Spiel angepfiffen worden ist, hat der Geschäftsführer keinerlei Einfluss mehr." Das sei der „ganz große Unterschied. Ab einem gewissen Zeitpunkt bist du genauso Zuschauer wie die auf den Rängen, in den Logen oder Zuhause vor dem Fernseher. Da sind dir Hände und Füße gebunden."

Während seiner Karriere macht sich der Manager, der das berühmt-berüchtigte „Prinzip Attacke" vorlebt, nicht ausschließlich Freunde - natürlich bei den Konkurrenten, auch der Streit mit Christoph Daum belegte lange die Schlagzeilen. Daneben existiert aber auch ein zweiter Uli Hoeneß mit der sozialen Ader und großem Herzen (in dem neben seinem Verein noch viel Platz ist). Wenn Spieler oder Vereine in schwierige Situationen kommen, ist er da. Mit vollem Einsatz. Mit Freundschaftsspielen etwa half Hoeneß etwa den Chemnitzer FC und den FC St. Pauli vor der drohenden Insolvenz.

Als 2009 in der Münchner S-Bahn Dominik Brunner von zwei Jugendlichen zu Tode geprügelt wurde, weil er bei einem Streit vermitteln wollte, würdigt er diesen in einer emotionalen Rede vor großem Publikum als „Vorbild" und rief das Bündnis „Münchner Courage" ins Leben.

Dann kommt der Absturz: 2013 erstattet Uli Hoeneß Selbstanzeige beim Finanzamt, weil er in großem Stil Steuern hinterzogen hat.  Ein Jahr später wird er vom Landgericht München zu dreieinhalb Jahren Gefängnis verurteilt. Er tritt von allen Ämtern zurück, seine Steuerschuld und die Strafen von knapp 50 Millionen Euro begleicht er sofort.

Im Juni tritt Hoeneß seine Haftstrafe in der JVA Landsberg am Lech an. Als er nach einem halben Jahr den Status des Freigängers erhält, beginnt er im Nachwuchsbereich des FC Bayern zu arbeiten. Am 29. Februar 2016, also im vorherigen Schaltjahr, wird er vorzeitig entlassen. Seine Familie hält zu ihm und auch sein Verein: Noch im selben Jahr wird er wieder zum Präsenten des FC Bayern München gewählt. Er ist wieder da.

Drei Jahre später, am 15. November 2019 geht die Ära Hoeneß schließlich nach 40 Jahren zu Ende, zusammen mit der Zeit als aktiver Spieler sind es sogar 50 Jahre, ein halbes Jahrhundert. „Ich glaube deshalb schon, dass ich einen großen Beitrag dazu geleistet habe, dass der FC Bayern heute so dasteht, wie er steht," sagt er selbst. Aber Folgendes stellt er vor seinem Abschied als Manager klar:

„Eine Biografie? Von mir? Never ever! Wenn ich die Wahrheit über das, was ich alles erlebt habe, schreiben würde, müsste man etwa zehn Bände machen - und ich müsste nach der Veröffentlichung nach Australien auswandern."

**Statistik zu Uli Hoeneß:**

Geboren: 5. Januar 1952 in Ulm
250 Bundesligaspiele (86 Tore) für Bayern München und 1. FC Nürnberg
35 Länderspiele (5 Tore)
Erfolge als Spieler: Weltmeister 1974, Europameister 1972, Vize-Europameister 1976, Europapokal der Landesmeister 1973/74, 1974/75, 1975/76, Weltpokal 1976, Deutscher Meister 1971/72, 1972/73, 1873/74, DFB-Pokal-Sieger 1970/71
Titelgewinne als Manager: UEFA Champions League 2000/01, Weltpokal 2001, UEFA-Pokal 1995/96, 16 Mal Deutscher Meister, 9 Mal DFB-Pokal, 6 Mal DFB-Ligapokal
Titelgewinne als Präsident: UEFA Champions League 2012/13, UEFA-Supercup 2013, FIFA-Klub-Weltmeister 2013, 4 Mal Deutscher Meister, 3 Mal DFB-Pokal, 3 Mal DFL-Supercup

# Wer noch schlechter als Tasmania Berlin war

*Von Rüdiger Fröhlich*

In der Weltgeschichte gab es Ereignisse, die aufgrund ihrer großen Bedeutung inzwischen zu Synonymen für Grundsätzliches geworden sind und auch in die Fußballersprache Einzug gehalten haben. So erlebte mancher Bundesliga-Klub sein Waterloo, eine verheerende Niederlage. Oder ein Verein ging einfach unter wie die Titanic. Mancher Trainer erlebte seinen Super-GAU, in Anspielung auf die Katastrophen in Tschernobyl oder Fukushima. Für unterirdische Leistungen im Fußball gibt es auch so einen Begriff: Tasmania.

Schlecht, schlechter, Tasmania Berlin. Der Klub aus der Hauptstadt war tatsächlich die mieseste Mannschaft, die je in der Bundesliga gekickt hat. Tasmania 1900 Berlin stellte in der Saison 1965/66 einen Negativrekord nach dem anderen auf. So erzielten die Berliner in der ganzen Saison nur 15 Tore bei 108 Gegentreffern – beides Minusrekord! Tasmania legte mit 31 Spielen auch die längste Serie ohne Sieg hin. Insgesamt wurden nur zwei Spiele gewonnen, 28 Niederlagen mussten die Berliner einstecken, auch beides ein Bundesliga-Superlativ im negativen Sinn. Bittere Gesamtbilanz: 8:60 Punkte bei 15:108 Toren, der letzte Platz in der ewigen Tabelle der Bundesliga. Selbst bei der Zuschauerzahl holte sich Tasmania Berlin mit 827 zahlenden Zuschauern gegen Borussia Mönchengladbach den ewigen Minusrekord der Liga.

Dabei legten die „Tas" aus Berlin in ihrer einzigen Bundesliga-Saison einen Traumstart hin: 2:0-Sieg gegen den Karlsruher SC vor 81.524 Zuschauern. Doch dann setzte es eine Pleite nach der anderen. So musste Tasmania auch zuhause die unglaublichen Negativserien mit 15 Spielen ohne Sieg und 8 Heimpleiten in Folge hinnehmen. Nur im letzten Heimspiel gegen Neunkirchen feierte Tasmania noch einen 2:1-Sieg.

Dennoch hält Tasmania Berlin nicht alle Negativrekorde der Bundesliga:

- Die längste Zeit torlos war der 1. FC Köln in der Saison 2001/2002 mit 1033 Minuten, Tasmania kam „nur" auf 826 Minuten

- In der Saison 1999/2000 zog Arminia Bielefeld mit Tasmania mit zehn Niederlagen in Folge gleich

- In der Saison 1990/1991 stand Hertha BSC Berlin an 33 von 34 Spieltagen auf dem letzten Platz in der Tabelle, das gelang nicht mal Tasmania Berlin

- In der Saison 1983/84 schaffte der 1. FC Nürnberg das Kunststück, keinen einzigen Auswärtspunkt zu holen. Tasmania holte zumindest einen beim 1. FC Kaiserslautern

- Die höchste Niederlage aller Zeiten in der Bundesliga kassierte Borussia Dortmund mit dem 0:12 bei Borussia Mönchengladbach, Tasmania führt die Negativliste allerdings bei Heimpleiten mit einem 0:9 gegen den Meidericher SV an

- Auch bei der Liste der meisten Eigentore hält kein Spieler von Tasmania Berlin den Rekord, sondern Manfred Kaltz vom Hamburger SV und Nikolce Noveski von Mainz 05 mit jeweils fünf Treffern ins eigene Netz

**Statistik zu den Spielen von Tasmania 1900 Berlin in der Saison 1965/66:**

Tasmania Berlin – Karlsruher SC 2:0
Borussia Mönchengladbach - Tasmania Berlin 5:0
Tasmania Berlin – Borussia Dortmund 0:2
Hamburger SV - Tasmania Berlin 5:1
Tasmania Berlin – Bayern München 0:2
1. FC Nürnberg - Tasmania Berlin 7:2
Tasmania Berlin – Hannover 96 1:5
1. FC Kaiserslautern – Tasmania Berlin 0:0
Tasmania Berlin - VfB Stuttgart 0:2
Meidericher SV - Tasmania Berlin 3:0
Tasmania Berlin – 1. FC Köln 0:6
Werder Bremen - Tasmania Berlin 5:0
Tasmania Berlin -TSV 1860 München 0:5
Eintracht Frankfurt - Tasmania Berlin 4:0
Tasmania Berlin – Eintracht Braunschweig 0:2
Borussia Neunkirchen - Tasmania Berlin 3:1
Schalke 04 - Tasmania Berlin 2:1
Rückrunde:
Karlsruher SC - Tasmania Berlin 3:0
Tasmania Berlin - Borussia Mönchengladbach 0:0
Borussia Dortmund - Tasmania Berlin 3:1
Tasmania Berlin - Hamburger SV 1:4
Bayern München - Tasmania Berlin 2:1
Tasmania Berlin - 1. FC Nürnberg 0:1
Hannover 96 - Tasmania Berlin 5:0
Tasmania Berlin - 1. FC Kaiserslautern 1:1
VfB Stuttgart - Tasmania Berlin 2:0

Tasmania Berlin - Meidericher SV  0:9

1. FC Köln - Tasmania Berlin 4:0

Tasmania Berlin - Werder Bremen 1:1

TSV 1860 München - Tasmania Berlin 4:0

Tasmania Berlin - Eintracht Frankfurt 0:3

Eintracht Braunschweig - Tasmania Berlin 3:1

Tasmania Berlin - Borussia Neunkirchen 2:1

Schalke 04 - Tasmania Berlin 4:0

Anmerkung der Redaktion: Dem 1. FC Kaiserslautern gelang in der Saison 1965/66 als einzigem Klub das „Kunststück", kein Spiel gegen Tasmania 1900 Berlin zu gewinnen

# Eine kleine Mondlandung

*Von Christina Rath*

David gegen Goliath, Hochmut kommt vor dem Fall, auch der Spruch mit dem blinden Huhn passt. Viele Vergleiche und Bilder drängen sich auf. Auf jeden Fall aber ist es eine schöne Geschichte über einen unerwarteten Erfolg, wie sie nur der Fußball schreibt.

Vor knapp 30 Jahren nämlich, am 12. September 1990, schießt Torkil Nielsen, der auch ein brillanter Schachspieler ist, in der 62. Spielminute ein Tor gegen Österreich. Es bleibt das einzige in diesem Spiel. Damit siegte die Amateurmannschaft von den Färöer Inseln gegen die österreichische Auswahl - darunter Stars wie Andreas Herzog, Peter Pacult und Toni Polster, seinerzeit beim FC Sevilla unter Vertrag. Keiner kam an Torwart Jens Martin Knudsen, von Beruf Gablerstablerfahrer in einer Fischfabrik, vorbei.

„Wir wussten gar nicht, wie man richtig jubelt", bekennt Torschütze Nielsen später gegenüber der „Welt". Alle Spieler seien durcheinander gelaufen, bis sich schließlich am Mittelkreis ein riesiger Haufen aus Menschen gebildet habe.

Dabei hatten sie aus Angst vor einer kräftigen Niederlage erst ein bisschen gezögert, ob sie wirklich zur EM-Qualifikation ins schwedische Landskrona reisen sollen, um dort gegen die Österreicher anzutreten. Schließlich gaben die bisherigen fußballerischen Leistungen wenig Anlass zu hochtrabenden Hoffnungen.

Auf heimischem Boden konnte das Spiel jedenfalls nicht ausgetragen werden, weil die gerade erst in die UEFA aufgenommene Mannschaft zuhause keinen passenden Rasenplatz besaß. Also unterbrachen die Amateurkicker ihren Berufsalltag als Fischer, Holzhändler oder Schafshüter dann doch und reisten nach Schweden zu ihrem ersten offiziellen Pflichtspiel überhaupt.

„Die Mutter aller Blamagen" überschreibt der „Tagesspiegel" einen Bericht über die unerwartete Niederlage der Österreicher vor etwa 1200 Zuschauern. Demnach scheute der damalige Präsident des färischen Fußballverbands, Torleif Sigurdsson, keinen noch so hoch gegriffenen Vergleich: „Dieser Sieg ist für uns das, was die Mondlandung für Amerika war."

Was war passiert? Wie konnte ein Außenseiter, eine Mannschaft von Amateuren, die Favoriten so im Regen stehen lassen? Zumal kein geringerer als Toni Polster den Ausgang des Matches zuvor auf 10:0 geschätzt hatte - diesen Hochmut hat er wohl später noch häufig aufs Butterbrot geschmiert bekommen….

Denn genau das war das Problem: Die Österreicher haben ihre Gegner unterschätzt, wussten vermutlich vorher gar nicht, dass es die Färöer überhaupt gibt. Angeblich haben sie sogar das Abschlusstraining ausfallen lassen und stattdessen Fußball geschaut. Trainer Josef Hickersberger schmiss nach dem Spiel seinen Job und musste sich fortan den Spitznamen „Färöer-Pepi" gefallen lassen.

Also was sind die Färöer-Inseln? Eigentlich schon falsch. ‚Färöer' heißt nämlich „Schafsinseln". Tatsächlich leben auf der Inselgruppe mindestens 90.000 Schafe und rund 50.000 Menschen.

Die insgesamt 18 Felseninseln liegen auf halbem Weg zwischen Norwegen, Schottland und Island im Nordatlantik und gehören zu Dänemark, stehen aber unter autonomer Verwaltung. Die hartgesottenen Bewohner heißen Färinger und sehen sich nicht als Dänen, sondern als ein eigenes Volk, das von den Wikingern abstammt.

Auf den Färöern regnet es viel und es ist windig, so dass wegen des ständigen Sturms im Winter der Spielbetrieb ruhen muss. Hartnäckig hält sich daher auch das Gerücht einer wohl einzigartigen Ausnahmeregel: Bei einem Elfmeter dürfe ein dritter Spieler sich neben den Elfmeterpunkt knien und den Ball festhalten, damit dieser bei hohen Windstärken nicht wegrollt. Pragmatisch gedacht, aber unwahr.

Schillerndste Figur in dem Schauspiel ist wohl Torwart Knudsen, der sich nach eigenen Angaben während des Spiels langweilte und über jeden Torversuch der Österreicher freute. Er trat das Match mit einer weißen Pudelmütze an - um das gute Stück ranken seither viele Mythen. Angeblich musste er die Mütze als Kind tragen, damit ihn seine Mutter nach einer Kopfverletzung zum Training ließ. Es gibt aber noch viele andere Mützen-Storys.

Knudsen selbst soll vor dem Spiel überlegt haben, die Bommelmütze lieber wegzulassen. Denn hätte er - wie von Polster und anderen erwartet - sieben, acht oder zehn

Bälle aus dem Netz klauben müssen, wäre er als der „Depp mit der Mütze" in die Fußballgeschichte eingegangen. Beziehungsweise: Wäre alles verlaufen wie zuvor gedacht, hätten die Färinger überhaupt keine Geschichte geschrieben und kein Sportreporter hätte sich je auf die Inseln verirrt, um die Fußballhelden zu interviewen. Auch das Buch „Der Mann mit der Pudelmütze" wäre wohl nie geschrieben worden. Übrigens soll es in Japan einen Färöer-Fanclub geben.

Für die Färinger Kicker passierte nach dem denkwürdigen Tag nicht viel. Zuhause auf den Färöern wurden sie natürlich frenetisch gefeiert, aber zum Abheben sah hier niemand einen Anlass. Doch mit dem Sieg der Färöer Nationalmannschaft über Österreich begann auf dem Nordsee-Archipel ein Fußball-Boom: Jetzt baute man Rasenplätze und Stadien, das größte wurde im Jahr 2000 in der Hauptstadt Torshavn eröffnet und fasst 6000 Zuschauer. Jede Gemeinde hat mittlerweile einen Fußballverein. Fußball hat sogar das bei den Insulanern beliebte Rudern überholt.

Gegen die dortige Fußballnationalmannschaft tun sich seither nicht nur die Österreicher schwer, die es zum Beispiel 2008 bei der Qualifikation zur WM 2010 mit Mühe zu einem 1:1 brachten. Auch die Deutschen hatten ihre liebe Not mit den wind- und wettergestählten Färingern. Bei der EM-Qualifikation 2004 gab es beim Hinspiel im Oktober 2002 in Hannover zwar einen 2:1-Sieg. Beim Rückspiel im Juni 2003 in Torshavn aber machte es die Heimmannschaft den Deutschen nicht leicht. Denn dort stand es noch bis zur 89. Minute 0:0 - nicht gut für die Nerven des damaligen Bundestrainers Rudi Völler. Dann aber verhalfen

Miroslav Klose und Fredi Bobic der deutschen Nationalelf doch noch zum Sieg. Von diesem Spiel soll es eine Gedenk-Briefmarke auf der Insel geben. Eines ist sicher: Die Färöer sind jetzt ein Begriff in der Fußballwelt und so schnell wird sie niemand mehr unterschätzen.

**Statistik zu dem Qualifikationsspiel zur EM 1992:**
**Färöer – Österreich 1:0**

### Färöer

Jens Martin Knudsen – Julian Hansen, Mikkjal Danielsen, Jóannes Jakobsen, Tummas Eli Hansen – Allan Mørkøre, Ábraham Hansen, Kári Reynheim, Jan Dam, Torkil Nielsen – Kurt Mørkøre
Trainer: Páll Guðlaugsson

### Österreich

Michael Konsel – Robert Pecl, Michael Streiter, Jürgen Hartmann – Kurt Russ, Heinz Peischl, Manfred Linzmaier, Andreas Herzog (62. Peter Pacult) – Gerhard Rodax, Toni Polster , Andreas Reisinger (62. Gerald Willfurth)
Trainer: Josef Hickersberger

Tor:  Torkil Nielsen  (62.)
Schiedsrichter: Egil Nervik (Norwegen)
Spielort: Landskrona (Schweden / Spiel auf neutralem Boden)
Stadion: Landskrona IP
Zuschauer: 1.230
Datum: 12. September 1990

# Oben ohne im offenen Cabrio mit HSV-Fahne – bei 0 Grad

*Von Rüdiger Fröhlich*

Irgendein Dezember-Tag Ende der 90er Jahre auf der A7: HSV-Pressesprecher Gerd Krall fährt bei Temperaturen um 0 Grad zu einem Fanklub des Hamburger SV an der dänischen Grenze. Regen und Wind peitschen ihm entgegen. Der HSV ist zu der Zeit auf dem Sprung zu den UEFA-Cup-Plätzen. Wie der Abend wohl verlaufen wird? Was werden die Fans fragen? Werden auch dänische HSV-Anhänger da sein? Plötzlich schaut Krall irritiert in den Rückspiegel. Irgendein verrückter Idiot rast im offenen Cabrio auf der Überholspur an ihm vorbei – mit freiem Oberkörper und HSV-Fahne in der Hand. „Wir haben die geilsten Fans der Bundesliga", denkt Krall. „Aber auch die durchgeknalltesten." Plötzlich schaut Gerd Krall entsetzt. Das ist gar kein Fan, sondern HSV-Profi Thomas Gravesen!

Der dänische Nationalspieler Gravensen spielte von 1998 bis zum Jahr 2000 für die Hamburger und galt als die „Humörbombe der Bundesliga". Über ihn gibt es zahlreiche Anekdoten, aber er war auch einer der Leistungsträger der Hamburger und wechselte später zum FC Everton, Real Madrid und zu den Glasgow Rangers. HSV-Trainer Frank Pagelsdorf duldete von seinen Spielern nur das „Sie" oder „Trainer". Thomas Gravesen sprach ihn aber grundsätzlich mit „Du, Trainer" an. Der Coach Frank Pagelsdorf duldete dies offiziell aufgrund von Übersetzungsproblemen aus dem Dänischen, insgeheim galt Gravesen aber als sein Liebling im Team und auch Pagelsdorf musste sich über seinen defensiven Mittelfeldspieler immer wieder schlapp lachen. Eine andere unglaubliche Geschichte von der „Humörbombe" kam erst später heraus. Bei zwei Einheiten am Tag auf dem Trainingsgelände am Ochsenzoll in Norderstedt gingen die meisten Spieler zu einem Italiener ins nahegelegene Herold-Center, auch das Trainerteam um Pagelsdorf ging auswärts essen. Zwei HSV-Profis blieben aber heimlich in der Kabine, einer von ihnen Thomas Gravesen. Der Däne hatte sich einen Wettbewerb ausgedacht, der im deutschen Profi-Fußball seinesgleichen wohl für immer suchen wird: „Nackt-Arsch-Rutschen" im langen Gang des Kabinentrakts. Von dem Gang gingen auch die Nassbereiche mit Saunen, Duschen und Whirlpools ab. Zuerst wurde der lange Gang mit Wasser geflutet, dann per Arschbomben in die Whirlpools noch mehr Wasser auf den Gang gespült. Um noch schneller zu werden, wurde reichlich Duschgel in den gefluteten Flur reingemischt. Die HSV-Rutschbahn war fertig, es folgte der Wettkampf – und zwar nackt. Wer auf der Rutschbahn auf nacktem Hintern weiter kam, hatte gewonnen. Ein Heidenspaß für Thomas Gravesen und seinen unbekannten HSV-Mit-Nackt-Rutscher! Leider kam Frank Pagelsdorf früher vom Essen wieder und der spektakuläre Wettkampf musste ohne Entscheidung abgebrochen werden. Gravesen und sein Mitspieler mussten alles aufräumen und komplett sauber machen, was sie auch gründlich taten. Alle HSV-Spieler und das Trainerteam bekamen das mit, bis auf das Reinemachen gab es aber keinerlei Strafe. Die lustige Gravesen-Geschichte kam damals nicht an die Öffentlichkeit, erst viel später erfuhren einige HSV-Reporter davon.

„Charakterköpfe wie Gravesen sterben im Fußball aus. Denn man lässt sie nicht mehr zu", sagte Ex-HSV-Torwart Richard Golz kürzlich in einem Interview: „Es ist Journalisten kaum mehr möglich, an Spieler heranzukommen und von ihnen echte Zitate zu erhalten. Es schließt sich doch aus, dass Spieler nichts mehr ungefiltert sagen dürfen, von ihnen jedoch verlangt wird, eine eigene Meinung zu haben." Golz hatte 1997/98 eine Saison zusammen mit Gravesen gespielt. Er glaubt, dass Gravesen und Pagelsdorf damals richtig lagen und heute die Chefs und Marketing-Experten der Profi-Klubs eher auf dem Holzweg sind. „Die Vereine müssen sich darüber bewusst werden, dass, wenn sie nur noch eigenen Content produzieren und die Spieler sich nur noch über vereinseigene Kanäle äußern, das überhaupt nicht glaubwürdig wirkt."

Auf dem Platz war Gravesen als harter Kämpfer gefürchtet. Obwohl der Mittelfeldspieler mit der Glatze technisch nie besonders glänzte, spielte er sich durch seinen großen Einsatz und seinen eisernen Willen in die Herzen der Fans vom HSV, FC Everton und Celtic Glasgow. Auch der Wechsel 2005 zu Real Madrid war sinnvoll, da den Stars um David Beckham, Luís Figo oder Ronaldo ein kampfstarker Sechser fehlte. Der Däne, der in der Winterpause für vier Millionen Euro vom FC Everton kam, wurde auch bei den Königlichen sofort Stammspieler. In der Saison 05/06 bestritt Gravesen insgesamt 29 Spiele für Real. Die spanischen Medien verspotteten Gravesen jedoch wegen seiner häufig brutalen Spielweise. Der TV-Sender Cuatro präsentierte mit „El Mundo de Gravesen" sogar eine eigene Comedy-Serie für ihn. Im Sommer 2006 geriet Thomas Gravesen dann im Training mit Real-Star Robinho aneinander, er wurde aus dem Kader aussortiert und wechselte zu Celtic Glasgow.

Für die dänische Nationalmannschaft spielte Thomas Gravesen bei der WM 2002 sowie bei der Europameisterschaft 2000 und 2004. Er bestritt von 1998 bis 2006 insgesamt 66 Spiele und erzielte dabei fünf Tore für Dänemark.

Nach seiner aktiven Karriere investierte Gravesen laut dänischen Medien Geld in verschiedene Firmen und machte so einen Gewinn von sagenhaften 100 Millionen Euro. Was macht eine „Humörbombe" mit so viel Geld? Viva Las Vegas! Der lustige Däne zog mit seiner Model-Freundin Kamila Persse in die USA, um Pokerspieler zu werden. Seine neuen Nachbarn hießen Steffi Graf und Nicolas Cage. Thomas Gravesen soll beim Poker extrem riskant gespielt – und dabei leider kein goldenes Händchen gehabt haben. Über einen längeren Zeitraum soll er über 50 Millionen Euro am Pokertisch in Las Vegas verloren haben.

Neben Thomas Gravesen gab es zu seiner HSV-Zeit übrigens einen weiteren Autonarren, der schnelle Wagen liebte. Linksverteidiger Bernd Hollerbach raste mal in seinem Porsche von Kiel nach Hamburg mit 260 Sachen über die Autobahn. Auf einmal wurde er leicht und locker von einem Motorradfahrer mit Badelatschen und kurzer Hose überholt, der dazu noch trotz des irren Tempos freundlich gegrüßt hat. Später sah Hollerbach das Moped auf dem HSV-Parkplatz vor dem Trainingsgelände am Ochsenzoll. Raten Sie mal, wem es gehört hat?

**Statistik zu Thomas Gravesen:**

Geboren: 11. März 1976 in Vejle
66 Länderspiele (5 Tore)
108 Spiele in der Premier League (11 Tore)
74 Bundesligaspiele (6 Tore)
34 Spiele in der Primera Division (1 Tor)
18 Spiele in der Scottish Premier League (6 Tore)
Größter Erfolg: Schottischer Meister 2007
Vereine: Vejle BK (1994-97), Hamburger SV (1997-2000), FC Everton (2000-05), Real Madrid (2005-06), Celtic Glasgow (2006-08), FC Everton (2008-09)

## Elf unfassbare Fußball-Geschichten Teil 1 von Rüdiger Fröhlich, Jörn Hinrichsen und Christina Kühnel

- **Taschenbuch:** 56 Seiten
- **ISBN-13:** 978-3738613926
- **Preis:** 4,99 Euro
- **E-Book:** 2,99 Euro